Meu livro de *cordel*

**Obras de Cora Coralina
publicadas pela Global Editora**

Adultas

CORA CORAGEM CORA POESIA*

DOCEIRA E POETA

ESTÓRIAS DA CASA VELHA DA PONTE

MELHORES POEMAS CORA CORALINA

MEU LIVRO DE CORDEL

O TESOURO DA CASA VELHA

POEMAS DOS BECOS DE GOIÁS E ESTÓRIAS MAIS

VILLA BOA DE GOYAZ

VINTÉM DE COBRE

Infantis

A MENINA, O COFRINHO E A VOVÓ

A MOEDA DE OURO QUE UM PATO ENGOLIU

ANTIGUIDADES

AS COCADAS

CONTAS DE DIVIDIR E TRINTA E SEIS BOLOS

DE MEDOS E ASSOMBRAÇÕES

LEMBRANÇAS DE ANINHA

O PRATO AZUL-POMBINHO

OS MENINOS VERDES

POEMA DO MILHO

* Biografia de Cora Coralina escrita por sua filha Vicência Brêtas Tahan.

Cora Coralina

Meu livro de cordel

São Paulo
2023

global
editora

© Vicência Brêtas Tahan, 1996

19ª Edição, Global Editora, São Paulo 2023

Jefferson L. Alves – diretor editorial
Flávio Samuel – gerente de produção
Victor Burton – capa
Equipe Global Editora – produção editorial e gráfica

Este livro foi inicialmente publicado em 1976, numa edição restrita, em Goiás, por P. D. Araújo e, durante alguns anos, permaneceu esgotado.
A atual edição foi preparada ainda em vida pela autora, que retirou alguns textos em prosa e acrescentou poemas inéditos.

Dados Internacionais de Catalogação na Publicação (CIP)
(Câmara Brasileira do Livro, SP, Brasil)

Coralina, Cora, 1889-1985
  Meu livro de cordel / Cora Coralina. – 19. ed. – São Paulo : Global Editora, 2023.

  ISBN 978-65-5612-509-1

  1. Literatura de cordel 2. Poesia brasileira I. Título.

23-161423   CDD-398.5

Índices para catálogo sistemático:
1. Literatura de cordel   398.5

Cibele Maria Dias - Bibliotecária - CRB-8/9427

Obra atualizada conforme o
NOVO ACORDO ORTOGRÁFICO DA LÍNGUA PORTUGUESA

Global Editora e Distribuidora Ltda.
Rua Pirapitingui, 111 – Liberdade
CEP 01508-020 – São Paulo – SP
Tel.: (11) 3277-7999
e-mail: global@globaleditora.com.br

 grupoeditorialglobal.com.br   @globaleditora

 /globaleditora   @globaleditora

/globaleditora   /globaleditora

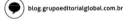 blog.grupoeditorialglobal.com.br

Direitos reservados.
Colabore com a produção científica e cultural.
Proibida a reprodução total ou parcial desta obra sem a autorização do editor.

Nº de Catálogo: **1767.NE**

Meu livro de cordel

*Pelo amor que tenho a todas as estórias e
poesias de Cordel, que este livro assim o seja,
assim o quero numa ligação profunda
e obstinada com todos os anônimos
menestréis nordestinos, povo da minha
casta, meus irmãos do Nordeste rude,
de onde um dia veio meu Pai para
que eu nascesse e tivesse vida.*

I PARTE

Cantoria

I
Meti o peito em Goiás
e canto como ninguém.
Canto as pedras,
canto as águas,
as lavadeiras, também.

Cantei um velho quintal
com murada de pedra.
Cantei um portão alto
com escada caída.

Cantei a casinha velha
de velha pobrezinha.
Cantei colcha furada
estendida no lajedo;
muito sentida,
pedi remendos pra ela.
Cantei mulher da vida
conformando a vida dela.

II

Cantei ouro enterrado
querendo desenterrá.
Cantei cidade largada.
Cantei burro de cangalha
com lenha despejada.
Cantei vacas pastando
no largo tombado.

Agora vai se acabando
Esta minha versejada.
Boto escoras nos serados
por aqui vou ficando.

Das Pedras

Ajuntei todas as pedras
que vieram sobre mim.
Levantei uma escada muito alta
e no alto subi.
Teci um tapete floreado
e no sonho me perdi.

Uma estrada,
um leito,
uma casa,
um companheiro.
Tudo de pedra.

Entre pedras
cresceu a minha poesia.
Minha vida...
Quebrando pedras
e plantando flores.

Entre pedras que me esmagavam
levantei a pedra rude
dos meus versos.

Lua-Luar

Escuto leve batida.
Levanto descalça, abro a janela
devagarinho.
Alguém bateu?
É a lua-luar que quer entrar.

Entra lua poesia
antes dos astronautas:
Gagarin da terra azul,
Apolo XI que primeiro passeou solo lunar.

Lua que comanda os mares,
a fúria dos vagalhões
que vêm morrer na praia.
O banzeiro das pororocas.

Lua dos namorados,
das intrigas de amor,
dos encontros clandestinos.
Lua-luar que entra e sai.

Lua nova, incompleta no seu meio arco.
Lua crescente, velha, enorme, fecunda.
Lua de todos os povos
de todos os quadrantes.

Lua que enfurece o mar em chumbo,
acovarda barcos pesqueiros.
O barqueiro se recolhe.

O pescado volta às redes.
O jangadeiro trava amarras.
Gaivotas fogem dos rochedos.

Lua cúmplice.
Lésbica lua nascente,
andrógina – lua-luar.
Lua dos becos tristes
das esquinas buliçosas.
Luar dos velhos.
Das velhas plantas sentenciadas.
Do sopro morto
dos bordões, rimas, violinos.

Lua que manda
na semeadura dos campos,
na germinação das sementes,
na abundância das colheitas.

Lua boa.
Lua ruim.
Lua de chuva.
Lua de sol.

Lua das gestações do amor.
Do acaso, do passatempo
irresistível,
responsável, irresponsável.

Lua grande. Lua genésica
que marca a fertilidade da fêmea
e traz o macho para a semeadura.
O fruto aceito –
mal aceito: repudiado, abandonado.
A semente morta
lançada no esgoto.
A semente viva palpitante
deixada em porta alheia.

Variação

Paráfrase

O mar rolou uma onda.
Na onda veio uma alga.
Na alga achei uma concha.
Dentro da concha teu nome.

Pisei descalça na areia
toda vestida de algas.
Tomei o mar entre os dedos.
Ondas peguei com as mãos.
O mar me levou com ele.

Palácio vi das sereias.
Cavalo-marinho montei,
crinas brancas de seda,
cascos ferrados de prata,
escumas de maresia.

Na garupa do meu cavalo,
levo meu peixe de ouro.
Comando a rosa dos ventos
e não me chamo Maria.

Na serenata do sonho
ouvi um sonido de estrelas.
Discos de ouro rolando
trazendo impresso teu nome.

Você passava, eu sorria
escondida na janela,
cortinas me disfarçando.
Num tempo era menina.
Num instante virei mulher.
Queria ver sem ser vista.
Ser vista fingindo não ver.

Fugi tanto que o encontrei
no relance de um olhar.
Pelos caminhos andamos
no tempo de semear.

A vida é uma flor dourada
tem raiz na minha mão.
Quando semeio meus versos,
não sinto o mundo rolando
perdida no meu sonhar
nos caminhos que tracei.

Meus riscos verdes de luz,
caminhos dentro de mim.
Estradas verdes do mar,
abertas largas sem-fim.

Por esses caminhos caminho
levando feixes nas mãos.
Trigo, joio – não pergunto
o fim do meu caminhar.
Cirandinha vou cirandando,
marinheiro de marinhar,
o mar é longo sem-fim.
Meu barqueiro, meu amor,
bandeiras do meu roteiro.
Meu barco de espuma do mar.
Onda verde leva e traz,
cantigas de marinhagem.

Vou rodando. Vou dançando,
tecendo meu Pau de Fita.
Sementes vou semeando
nos campos da fantasia.
Vou girando. Vou cantando
e... não me chamo Maria.

A Flor

Na haste
hierática e vertical
pompeia.
Sobe para a luz e para o alto
a flor...

                                      Ainda não.

Veio de longe.
Muda viajeira
dentro de um plástico esquecida.
Nem cuidados dei
à grande e rude matriz fecundada.
Apanhada num monte de entulho de lixeira.

"Cebola-brava" na botânica
sapiente de seu Vicente.
Oitenta e alguns avos de enxada e terra.
Sabedoria agra.
Afilhado do Padim Cícero.
Menosprezo pelas "f'lores":

"De que val'isso?"
Displicente, exato, irredutível.

E eu, meu Deus,
extasiada,
vendo, sentindo e acompanhando,
fremente,
aquela inesperada gestação.

– Um bulbo, tubérculo, célula
de vida rejeitada, levada na hora certa
à maternidade da terra.

A Flor...

Ainda não.
Espátula. Botão
hígido, encerrado, hermético,
inviolado
no seu mistério.
Tenro vegetal, túmido de seiva.
Promessa, encantamento.
Folhas longas, espalmadas.
Espadins verdes
montando guarda.

Da Flor...

A expectativa, o medo.
Aquele caule frágil
ser quebrado no escuro da noite.

O vento, a chuva, o granizo.
A irreverência gosmenta
de um verme rastejante.
O imprevisto atentado
de alheia mão
consciente ou não.

Alerta. Insone.
Madrugadora.

Na manhã mal nascida,
toda em rendas cor-de-rosa,
túrgida de luz,
ao sol rascante do meio-dia.
No silêncio serenado da noite
eu, partejando o nascer da flor,
que ali vem na clausura
uterina de um botão.
Romboide.

Para a Flor...

Chamei a tantos...
Indiferentes, alheios,
ninguém sentiu comigo
o mistério daquela liturgia floral.
Encerrada na custódia do botão,
ela se enfeita para os esponsais do sol.
Ela se penteia, se veste nupcial
para o esplendor de sua efêmera
vida vegetal.

Na minha aflita vigília
pergunto:
– De que cor será a flor?

Chamo e conclamo de alheias distâncias
alheias sensibilidades.
Ninguém responde.
Ninguém sente comigo
aquele ministério oculto
Aquele sortilégio a se quebrar.

Afinal a Flor...

Do conúbio místico da terra e do sol
– a eclosão. Quatro lírios
semiabertos,
apontando os pontos cardeais
no ápice da haste.
Vara florida de castidade santa.
Cetro heráldico. Emblema litúrgico
de algum príncipe profeta bíblico
egresso das páginas sagradas
do "Livro dos Reis" ou do "Habacuc".

E foi assim que eu vi a Flor.

Este Relógio

I
Relógio novo, vertical
na parede.
Entrou à casa nova
pela porta amável dos presentes
em dia de casamento.

II
Relógio novo, casa nova.
Horas de sono, de acordar.
É o carrilhão dos beijos
de gente moça que juntou
as mãos um dia,
que ligou os destinos
ante um altar
para a travessia da vida.

III
Relógio novo,
discreto, silencioso.
Utilidade silenciosa

na agitação ruidosa
da vida.
Marca só, não bate
as horas felizes
que em ronda
vão chegando,
vão passando,
sempre renovadas.

IV

Relógio novo, logo mais
você marcará também,
a chegada de alguém
que se espera
com o enlevo dos pais
e ternura da avó.

V

O dedinho da criança
um dia (estará você mais velho)
apontará o mostrador
sorrindo.
Decifrará os números,
aprenderá consigo
a leitura das horas:
Horas do batizado,
dos primeiros passos.
Horas da escola –
ida e volta.

VI

Meninos virão
e indagarão de você
o tempo que passa:
Breve, alegre para uns,
longo, inexpressivo para outros.
O menino, o homem.
O ritmo da vida
que os ponteiros vão marcando.

VII

Relógio novo, vertical
na parede.
Relógio amigo
vai marcando horas...
Marca sempre
horas felizes
neste lar.
Marca sempre
para minha filha
as horas boas
que não marcou
para mim...

Pablo Neruda
(I)

Perdoa-me poeta.
Tão tarde o conheci!
Tantos cantores pelo mundo...
Para minha ignorância
eras mais um dentre eles.

Foi assim que não pedi a Deus
poupar-te a vida
e ficares para sempre
semente viva, incorruptível,
de beleza excelsa e universal.

Ninguém me disse antes.
Ninguém me disse nada.
Ninguém me fez a doação fraterna
de um livro teu.

Perdida no meu sertão goiano,
Só o teu nome, Pablo
Só o teu apelido crespo, Neruda,

Chegaram a mim...
E eu a pensar que foste apenas
um grande poeta entre outros grandes...

Foi assim que não pedi ao Criador
Poupar-te a vida
e ficares para sempre.

Semente viva e luminosa,
sementeira e semeador,
semeando o pão e o vinho
da tua poesia
na terra faminta, desolada e triste.

Pablo Neruda
(II)

Poeta. Partiu-se para sempre
a cadeia de ouro que enleava
tua cabeça, teus braços
e torso de gigante.

Manda um raio de tua fronte ungida
à minha inteligência oclusa,
à minha mente obtusa.

Amarrada em cordas grossas.
Pássaro depenado em sujo cativeiro,
Asa cortada de impossível voo.

Minha pequenina poesia...
Pobre, se arrastando no esforço
de alguém que pela vida
vai empurrando,
vai rolando um tronco pesado
de madeira encharcado,
sem valor e sem destino.

Manda-me de Temuco,
onde pousaste para sempre,
uma pluma de tuas asas abatidas
para que eu possa alcançar com ela
acima,
muito acima
do meu voo curto e rasteiro.

Pablo Neruda
(III)

Poeta. Quando te foste para sempre
plangeram os sinos da
terra e silvaram todas as sirenas
dando aviso no universo.

Partiu-se o fio de ouro filigrana
da tua poesia universal.
Em que estrela remota
terá pousado tua cabeça
de poeta total?

Grande cantor das Américas,
domador insigne desse potro
bravio que descantas.
Indomado ao buçal e ao freio
com que tentam quebrar
sua rebeldia xucra.

Grande poeta.
Teu corpo gélido vai se desintegrando
molécula após molécula
na terra fria de Temuco,
e vai se integrando de novo
no grande todo universal.
E eu o vejo comandando
no etéreo todos os potros
indomados da Terra.

Anhanguera

"... e no terceiro dia da
criação o Criador
dividiu as águas, fez os
mares e os rios e separou
a terra e deu ela ervas
e plantas."

... e quando das águas separadas
aflorou Goyaz, há milênios,
ficou ali a Serra Dourada
em teorias imprevistas
de lava endurecida,
e a equação de equilíbrio
da pedra oscilante.

Vieram as chuvas
e o calor acamou o limo
na camarinha das grotas.
O vento passou
trazendo na custódia das sementes
o pólen fecundante.

Nasceu a árvore.
E o Criador vendo que
era boa multiplicou a espécie
em sombra para as feras
em fronde para os ninhos
e em frutos para os homens.
Só depois de muitas eras
foi que chegaram os poetas.

Evém a Bandeira dos Polistas...
num tropel soturno
de muitos pés de muitas patas.
Deflorando a terra.
Rasgando as lavras
nos socavões.
Esfarelando cascalho,
ensacando ouro,
encadeiam Vila Boa
nos morros vestidos
de pau-d'arco.

Foi quando a perdida gente
no sertão impérvio.
Riscou o roteiro incerto
do velho Bandeirante
e Bartolomeu Bueno,
bruxo feiticeiro,
num passe de magia
histórica
tirou Goyaz de um prato
de aguardente
e ficou sendo o Anhanguera.

A Casa do Berço Azul

Dona Marcionilha e seu Chico Fiscal.

Era a casa deles.
Gostavam de flores, de vasos e de roseiras.
Um quintal muito grande de fruteiras fartas e escolhidas.
Criação de lebres e de coelhos, da meninada.
Gaiolas dependuradas.
Alçapões. Balanços pelos galhos.
Meninos brincando.
Meus e deles.
Passarinhos.
Frutas maduras pelos galhos, pelo chão.
Geração passada...

A Casa do Berço Azul...
Minha casa amiga...

De dois em dois anos descia do alto da parede da
                                    despensa,
onde ficava ancorado o barquinho de uma nova vida,
prestes a chegar.

33

Vinha para a terra o pequenino barco.
Seu Chico tomava de um pincel e uma lata de tinta
e repintava o berço, sempre de azul. Renovava o pequeno
colchão,
o pequeno travesseiro cheio de paina fina e nova.
Pela casa, panos macios, flanelas,
claros agasalhos, camisinhas, bordados delicados,
rendas, e sempre ela tricotando um xaile de lã azul,
que mostrava sorrindo e feliz às suas amigas.

A liturgia foi assim, anos repetidos.
Apenas três vezes o berço mudou de cor:
Três meninas: Maria, Cacilda e Ercília.
Voltou ao azul: Wilson, Chiquinho e Válter.
Nunca se negaram àquela fecundidade modesta,
tranquila e consciente.

Bom Pai, boa Mãe. Bons amigos.
Minha gente!...
Voltei à velha cidade de Pinto Ferreira,
antiga Fábrica de Nossa Senhora do Carmo de Jabuticabal,
no sabor antigo dos autos cartorários.
Antiga rua. Velhas casas.
Passei longa, silenciosa e atentamente,
perdida numa bruma pretérita.
Batia de porta em porta e perguntava:
"É aqui a Casa do Berço Azul?"
"Não, não é esta".
Eu ficava sozinha, incerta.
Uma lágrima me dizia: "Não, não chora".

Uma jovem esposa no passeio.
Pesada e linda, numa veste solta.
"Minha jovem, será esta a Casa do Berço Azul?"
A jovem sorriu, olhou e não entendeu.
Nunca poderia me entender,
era imensa a distância que nos separava.

Adiante, uma senhora, cabelos grisalhando.
Perguntei: "Será esta a Casa do Berço Azul?"
"Não, não é aqui, nem ali, nem adiante, nem para os lados",
disse ela.

"Não procures jamais o passado no presente.
Olha, sobe, vai caminhando, cruza ruas e avenidas.
Lá bem no alto, de onde se avista a cidade,
verás um portão largo, sempre aberto.
Entra.

Encontrarás construções diferentes,
pequenas e maiores.
Brancas; rosadas, escuras, tristes, floridas.
Silenciosas.
Numa rua estreita,
numerada como todas,
encontrarás adormecidos teus amigos,
juntos para sempre na morte como o foram na vida".

Longe, muito longe na distância,
ficou perdida para sempre
como sombra que se apaga, a Casa do Berço Azul.

35

Jabuticabal
(I)

O Criador, vendo que
a terra era boa,
plantou um jardim
de jabuticabeiras
nas terras roxas
de São Paulo
da banda Oeste.

e mandou que viessem
o homem e a mulher,
tomassem da terra
e gerassem filhos.

E vieram:
Pinto Ferreira e sua mulher.

Os Pintos...
Avenida Pintos,
a dádiva da Posteridade
do velho fundador

que doou o Patrimônio
nos idos do passado.

Antiga Fábrica de Nossa
Senhora do Carmo de Jabuticabal,
A igreja, o Vigário
sendo o Fabriqueiro.
Antigo administrador dos
Bens Patrimoniais da
Capela levantada.

Vieram os homens escuros
e derrubaram a mata,
espantaram as feras.
Depois chegaram os colonos
de olhos claros e cabelos cor de palha,
suas mulheres sacudidas
de ancas fecundas,
e largas maternidades
e deram-se à nova terra
determinados,
de um labor fecundo.

Semearam filhos
e semearam a gleba
e cresceu o cafezal
com suas floradas de esperança
e seus frutos vermelhos.

Uma nova floresta ordenada
e ritmada se estendeu,

37

e cobriu Jabuticabal.
Através do tempo e das gerações
a terra teve donos.
Comprada, requerida,
apossada.
Multiplicada de heranças
Inventários
Partilhas subpartilhas.
Medições, demarcações.
Fazendas, fazendeiros
Sítios, sitiantes
Lavouras que se estendiam
na grande comarca que ia até as
extremas de Minas e Goiás.
Através do tempo desmembrada em novos
segmentos de novas jurisdições.

E o café enegreceu os terreiros,
atulhou as máquinas,
armazéns e depósitos.
Derramou-se das tulhas.
As Estradas de Ferro avançaram
e as rodagens se estenderam
transportando o granel para os portos e terminais.
Era o Rei Café, opulento ou rastejante,
dando demais ou tirando tudo
num passe de sua magia negra.

Foi e voltou.
Queimado e arrancado.
Plantado de novo.

Extravasou seus limites.
Paraná, Mato Grosso,
Minas, Goiás, Amazonas.
Derrubado e plantado numa gestação
de riqueza fácil,
continua ele a grande vertente da prosperidade
nacional.

Jabuticabal
(II)

Cafezal.
Canavial.
Algodoal.
Laranjal.
Rosal. Roseiral.
Cidade das Rosas.
Terra de meus filhos
onde fiz meu duro
aprendizado de vida
e relembro sempre
amigos e vizinhos
incomparáveis.

Para eles esta página
de humilde gratidão.

Era assim em Jabuticabal

Vou deixando a penumbra do sono.
Acordo.

Amanhece em contornos vagos
de uma luz difusa.

Perto, longe, os galos retardatários
vão orquestrando, ainda, o nascer do dia.

Um patear, deslizar de rodas
no calçamento.

Escuto o esbarro lesto.
Lestos os passos no passeio.

O girar do portão.
O desdobrar do papel
que está vestindo o pão.

Pressinto o retorno.
O trinco do portão fechado.
O pão deixado na janela.

O homem constante e laborioso,
pastor das madrugadas,
saltou da boleia do carrinho.
O animal pateou de novo rua afora.
Vai parando agora pelas casas,
deixando em cada uma
a bênção singela,
humilde e madrugadora do pão.

Vai um cântico perdido pela rua.
Música pastoral, indefinida
de reza, de abundância e de trabalho.

É a voz da terra,
misteriosa e profunda
num Salmo de amor e gratidão
ao Criador que nos deu o Pão.

Israel... Israel...

O débito universal
jamais quitado.

Perseguidos. Espoliados. Rejeitados.
Discriminados. Escravizados, Gaseados Redivivos.

Povo Heroico.

De tua crença indômita veio o Deus único.
De teu povo veio o Cristo.
Veio a Virgem Maria.
Vieram os Profetas.
Os evangelistas.
E os grandes ensinamentos dos Evangelhos.

No Decálogo orienta-se
toda a Civilização do Ocidente.

Ainda não existiam os códigos
dos povos civilizados e já os princípios imutáveis
da Lei e da Justiça estavam inseridos
nas páginas remotas do Pentateuco
e deles serve-se o Direito Contemporâneo.

Judeu, meu irmão.

Barco sem Rumo

Há muitos anos,
no fim da última guerra,
mais para o ano de 1945,
diziam os jornais de um navio fantasma
percorrendo os mares e procurando um porto.

Sua única identificação:
– drapejava no alto mastro uma bandeira branca.
Levava sua carga humana.
Salvados de guerra e de uma só raça.
Incerto e sem destino,
todos os portos se negaram a recebê-lo.

Acompanhando pelo noticiário do tempo
o drama daquele barco,
mentalmente e emocionalmente
eu arvorava em cada porto do meu País
uma bandeira de Paz
e escrevia em letras de diamantes:
Desce aqui.
Aceita esta bandeira que te acolhe fraterna e amiga.

Convive com o meu povo pobre.
Compreende e procura ser compreendido.
Come com ele o pão da fraternidade
e bebe a água pura da esperança.
Aguarda tempos novos para todos.

Não subestimes nossa ignorância e pobreza.
Aceita com humildade o que te oferecemos:
terra generosa e trabalho fácil.

Reparte com quem te recebe
teu saber milenar,
Judeu, meu irmão.

Rio Vermelho

I
Tenho um rio que fala em murmúrios.
Tenho um rio poluído.
Tenho um rio debaixo das janelas
da Casa Velha da Ponte.
                    Meu Rio Vermelho.

II
Águas da minha sede...
Meus longos anos de ausência
identificados no retorno:
Rio Vermelho – Aninha.
Meus sapos cantantes...
Eróticos, chamando, apelando,
cobrindo suas gias.
Seus girinos – pretinhos, pequeninos,
inquietos no tempo do amor.
Sinfonia, coral, cantoria.
                    Meu Rio Vermelho.

III

Debaixo das janelas tenho um rio
correndo desde quando?...
Lavando pedras, levando areias.
Desde quando?...
Aninha nascia, crescia, sonhava.

IV

Água – pedra.
Eternidades irmanadas.
Tumulto – torrente.
Estática – silenciosa.
O paciente deslizar,
o chorinho a lacrimejar
sútil, dúctil
na pedra, na terra.
Duas perenidades –
sobreviventes
no tempo.
Lado a lado – conviventes,
diferentes, juntas, separadas.
Coniventes.

Meu Rio Vermelho.

V

Meu Rio Vermelho é longínqua
manhã de agosto.
Rio de uma infância mal-amada.
Meus barquinhos de papel
onde navegavam meus sonhos;
sonhos navegantes de um barco:

48

Pescadora, sonhadora
do peixe-homem.

VI

Um dia caiu na rede
meu peixe-homem...
todo de escamas luzidias,
todo feito de espinhos e espinhas.

VII

Rio Vermelho, líquido amniótico
onde cresceu da minha poesia, o feto,
feita de pedras e cascalhos.
Água lustral que batizou de novo meus cabelos brancos.

Dolor

I
Criança pobre
de pé no chão.
Suja, rasgada, despenteada.
Desmazelada.
Criada à toa, de roldão.
Cria de casebre,
enxerto de galpão.

II
Não faz anos.
Não tem bolo de velinhas.
Não tem Natal.
Não tem escola.
Não tem banheiro.
Não tem cuidados.
Não tem carinho.
Só tem milhões de vermes
de amarelão...

III

Assim, vive um pedaço de tempo.
Depois, morre.
No cemitério da cidade,
a quadra de crianças
se enche logo
de comorozinhos
iguais, iguaizinhos –
de crianças pobres, desnutridas
(pasto de vermes na vida)
que vão morrendo
de desnutrição.

Meu Pequeno Oratório

Minha Nossa Senhora das Graças
toda minha.
Das raízes e dos troncos.
Das florestas e das frondes.
Dos rios que correm para o mar
e dos corguinhos sem destino.
Dos altares, dos montes e das grunas.
Dos pássaros sem voo,
e das rolinhas bandoleiras.

Nossa Senhora das cigarras imprevidentes
que morrem de cantar
e das formigas previdentes
que morrem sem cantar.

Das abelhas rufionas
que vão de flor em flor
segredando de amor
e acasalando os polens.
Das cobras e dos tigres
que também têm direito à vida.

Nossa Senhora
dos maus e dos bons.
Profundamente minha
porque de todos os anônimos
bichos e gentes.

Nossa Senhora
da custódia das sementes,
lançadas ao léu da vida
germinando, crescendo, florescentes
ou morrendo perdidas na raleira.

Nossa Senhora das sementes...
Ajudai todas elas – boas e más
a bem cumprir seu destino
de sementes,
lançando do seu pequenino
coração vital
o esporo à raiz fálica
que as confirmarão na terra
e na sequência das gerações
através do tempo.

Nossa Senhora das raízes...

Eu sou a raiz ancestral,
perdida e desfigurada no tempo
obscura na terra
onde lutam, sobrevivem
e desaparecem todas
no esquecimento e no abandono.

Vigia para mim
e guarda em vida longa
todas as raízes novas
que vivem enleadas
às minhas
já gastas e amortecidas.

Abençoai, minha Nossa Senhora,
todos aqueles que se foram e que se desfizeram
na obscuridade e no esquecimento
da árvore ingrata que os alimentou.

O Cântico de Dorva

I

Dorva é moça de sítio.
A mãe de Dorva morreu.
Chovia... chovia...
a noite inteira choveu
enquanto gente da roça
rezava alto, rezas da roça.
Dorva chorava – velava.
A morta entre as velas amarelas
esperava entre flores:
a mortalha, o caminhão, o caixão
que vinham da cidade.
O caixão pra morta
O sufrágio pra Dorva.

II

O caminhão chegou de manhã cedo
e voltou levando no caixão a mãe de Dorva.
Levando gente, acompanhamentos,
parando nos botecos das estradas –
matando o bicho
depois da noitada.

Sufrágio – luto,
coroa – caixão
englobados.

III

O luto de Dorva é pra sair
na missa de sétimo ou trigésimo dia.
Já passou a missa.
Dorva tomou o lugar da morta
na casa, na tina, no fogão.

IV

Dorva se chama Dorvalina.
Cabeça amarrada com lenço de chita.
Vestido grosseiro, apertado, descosturado.
Braço grosso, mãos vermelhas.
Perna grossa cabeluda.
Dorva de pé no chão:
pé curto – descalço, esparramado
fincado no chão.
Dorva, toda – estua sexo: vida nova.

V

Dorva é moça da roça.
Dorva lava roupa na tina:
roupa grossa de homem – calça mescla, camisa
de riscado.
Geme o sarilho do poço.
Tibum... a lata vem cheia d'água.
Vai ensaboando,
vai cantando:
laranja-da-china

limão-bravo, cana-doce
se encontra aqui
se encontra acolá.
Pra dá, pra vendê
pra quem quisé
pra quem passá.
Se dá fogo, se dá água
Não pode negá.
A cantiga de Dorva:
alta, gritada
Bramido de fêmea –
apelo enfeitado.

VI

É meio-dia; a sombra está marcando.
O sol num desafio de luz
fustiga a poeira da estrada.
Silêncio no sítio.
Um galo canta longe.
Distante, um corno de ponteiro.
Boiadeiro vem vindo devagar...
Os homens lá no eito
relanceiam enxadas.
O milharal chama Dorva.
O cheiro da terra chama.
O arrozal tem seus ninhos
chamando Dorva.
Um assovio fino, espraiado
fere Dorva.
Larga a roupa, deixa a tina.
Torce o vestido mesmo no corpo,
molhado na barriga.

57

Olha pra os lados.
Gritam as angolas. Grita um bem-te-vi.
Dorva afunda no milharal.

VII

O ninho de Dorva.
A cama de Dorva
de palha e folha
na terra.
Deixa-se cair
sentada, deitada.
Sobre seu ventre liso, redondo
desnudo,
salta o macho.
Um ofego de posse
tácito.
Sexo contra sexo.
Aquele cântico de Dorva,
aquele chamado – piado de fêmea:
obscuro
aflitivo
genésico
instintivo
veio vindo... veio vindo...
Rugindo
chorando
gritando
apelando
do fundo dos tempos
do fundo das idades.

Humildade

Senhor, fazei com que eu aceite
minha pobreza tal como sempre foi.

Que não sinta o que não tenho.
Não lamente o que podia ter
e se perdeu por caminhos errados
e nunca mais voltou.

Dai, Senhor, que minha humildade
seja como a chuva desejada
caindo mansa,
longa noite escura,
numa terra sedenta
e num telhado velho.

Que eu possa agradecer a Vós,
minha cama estreita,
minhas coisinhas pobres,
minha casa de chão,
pedras e tábuas remontadas.

E ter sempre um feixe de lenha
debaixo do meu fogão de taipa,
e acender, eu mesma,
o fogo alegre da minha casa
na manhã de um novo dia que começa.

Misticismos

I
A terra é templo.
O lavrador é semeador.
A lavoura é altar.
O grão é oferta.

II
O lavrador e sua fala econômica:
– Se Deus quisé.
– A Deus querê.
– Graças a Deus.
Repostando tudo a Deus –
quando lucra.
Quando perde:
– Seja feita a vontade de Deus.

III
Assim atravessa a vida, gera filhos
sem restrições.
Nada sabe de explosão demográfica.
Pobres, disse Jesus:
Sempre os tereis entre vós.

Estas Mãos

Olha para estas mãos
de mulher roceira,
esforçadas mãos cavouqueiras.

Pesadas, de falanges curtas,
sem trato e sem carinho.
Ossudas e grosseiras.

Mãos que jamais calçaram luvas.
Nunca para elas o brilho dos anéis.
Minha pequenina aliança.
Um dia o chamado heroico emocionante:
– Dei Ouro para o Bem de São Paulo.

Mãos que varreram e cozinharam.
Lavaram e estenderam
roupas nos varais.
Pouparam e remendaram.
Mãos domésticas e remendonas.

Íntimas da economia,
do arroz e do feijão
da sua casa.
Do tacho de cobre.
Da panela de barro.
Da acha de lenha.
Da cinza da fornalha.
Que encestavam o velho barreleiro
e faziam sabão.

Minhas mãos doceiras...
Jamais ociosas.
Fecundas. Imensas e ocupadas.
Mãos laboriosas.
Abertas sempre para dar,
ajudar, unir e abençoar.

Mãos de semeador...
Afeitas à sementeira do trabalho.
Minhas mãos raízes
Procurando a terra.
Semeando sempre.
Jamais para elas
os júbilos da colheita.

Mãos tenazes e obtusas,
feridas na remoção de pedras e tropeços,
quebrando as arestas da vida.

Mãos alavancas
na escava de construções inconclusas.

Mãos pequenas e curtas de mulher
que nunca encontrou nada na vida.
Caminheira de uma longa estrada.
Sempre a caminhar.
Sozinha a procurar,
o ângulo prometido,
a pedra rejeitada.

Vida das Lavadeiras

Sombra da mata
sobre as águas quietas
onde as iaras
vêm dançar à noite...
Não. Mentira.
Façamos versos sem mentir.
– Onde batem roupa
as lavadeiras pobres.

Sombra verde dos morros
no poço fundo
da Carioca
onde as mulheres sem marido
carregadas de necessidades,
mães de muitos filhos
largados pelo mundo
batem roupa nas pedras
lavando a pobreza
sem cantiga, sem toada, sem alegria.

Quero escrever versos verdadeiros.
Por que será, Senhor,
que a mentira se insinua
nos meus versos?
Onde vive você, poeta, meu irmão,
que faz versos sem mentir?

Pão-Paz

O Pão chega pela manhã em nossa casa.
Traz um resto de madrugada.
Cheiro de forno aquecido, de lêvedo e de lenha
                              queimada.
Traz as mãos rudes do trabalhador e a Paz dos campos
                              cheios.
Vem numa veste pobre de papel. Por que não o receber
numa toalha de linho puro e com as mãos juntas
em prece e gratidão?

Para fazê-lo assim tão fácil e de fácil entrega,
homens laboriosos de países distantes
e de fala diferente trabalharam a terra, reviraram,
sulcaram, gradearam, revolveram, oxigenaram
                    e lançaram a semente.

A semente levava o seu núcleo de vida. O sol, a umidade
o sereno, o calor e a noite tomaram dela, e fez-se o milagre
da germinação.
O campo se tornou verde em flor, e veio junto o joio,
convivente, excrescente,
já vigente nas parábolas do Evangelho.

O trigal amadureceu e entoou seu cântico de vida
num coral de vozes vegetais.

Venham... venham... venham...
E vieram os ceifeiros e cortaram o trigo,
e arrancaram e queimaram o joio.

Cortaram e ajuntaram os feixes.
Malharam e ensacaram o grão.
E os grandes barcos graneleiros o levaram
por caminhos oceânicos a países diferentes
e a gentes de fala estranha.

Foi transportado aos moinhos.
As engrenagens moeram, desintegraram.
Separaram o glúten escuro, o próprio e pequenino coração
do trigo até as alvuras do amido
de que se faz o pão alvo universal.

Transformaram a semente dourada
num polvilhamento branco de leite, que é levado
às masseiras e cilindros
onde os padeiros de batas e gorros brancos
ensejam, elaboram e levedam a massa.
Cortam, recortam, enformam, desenformam
e distribuem pelas casas,
enquanto a cidade dorme.

O Padeiro é o ponteiro das horas, é o vigia do forno
quando a cidade se aquieta e ressona.
É o operário modesto, tranquilo e consciente

da noite silenciosa e da cidade adormecida.
É mestre e dá uma lição
de trabalho confiante e generoso.

Pela manhã a padaria aberta, recendente,
é a festa alegre das ruas e dos bairros.
Devia ter feixes de trigo enfeitando suas portas.

É por esse caminho tão largo, tão longo,
tão distante e deslembrado que o pão vem à nossa casa.
Ele chega cantando, ele chega rezando
e traz consigo uma bandeira branca de seis letras: Pão-Paz.

Haverá sempre esperança de paz na Terra
enquanto houver um semeador semeando trigo
e um padeiro amassando e cozendo o pão,
enquanto houver a terra lavrada e o
eterno e obscuro labor pacífico do homem,
numa contínua permuta amistosa dos campos e das
                                                cidades.

Para chegar a nossa casa em ritmo de rotina,
o Pão fez sua longa caminhada na terra e nos mares.
Passou de mão em mão
como uma grande bênção de gerações pretéritas.
Pela sua presença fácil em todas as mesas,
eu vos dou graças, meu Deus.

Graças pela hóstia consagrada
que é Pão e Vida.
Pão de reconciliação do Criador com o pecador
recebido na hora extrema.

69

Fazei, Senhor, com que as sobras das mesas fartas
sejam levadas em Vosso nome àqueles que nada têm
e que a códea largada na abundância
nunca seja lançada com desprezo.
Haverá sempre uma boca faminta a sua espera.
Graças, Senhor, pelo primeiro semeador
que lançou a primeira semente na terra
e pelo homem que amassou, levedou e cozeu o
                                        primeiro pão.
Graças, meu Deus, por essa bandeira branca de Paz
que traz a certeza do pão.
Graças pelas mil vezes que os Livros Santos
escrevem e confirmam
a palavra generosa e suave: Pão.

"Havia um partir de pão em casa de Onesíforo quando
Paulo ali entrou com seus amigos" (Epístola).

Eu Voltarei

Meu companheiro de vida será um homem corajoso
                              de trabalho,
servidor do próximo,
honesto e simples, de pensamentos limpos.

Seremos padeiros e teremos padarias.
Muitos filhos à nossa volta.
Cada nascer de um filho
será marcado com o plantio de uma árvore simbólica.
A árvore de Paulo, a árvore de Manoel,
a árvore de Ruth, a árvore de Roseta.

Seremos alegres e estaremos sempre a cantar.
Nossas panificadoras terão feixes de trigo enfeitando
                              suas portas,
teremos uma fazenda e um Horto Florestal.
Plantaremos o mogno, o jacarandá,
o pau-ferro, o pau-brasil, a aroeira, o cedro.
Plantarei árvores para as gerações futuras.

Meus filhos plantarão o trigo e o milho, e serão padeiros.
Terão moinhos e serrarias e panificadoras.
Deixarei no mundo uma vasta descendência de homens
e mulheres, ligados profundamente ao trabalho e à terra
que os ensinarei a amar.

E eu morrerei tranquilamente dentro de um campo
de trigo ou
milharal, ouvindo ao longe o cântico alegre dos ceifeiros.

Eu voltarei...
A pedra do meu túmulo
será enfeitada de espigas de trigo
e cereais quebrados
minha oferta póstuma às formigas
que têm suas casinhas subterra
e aos pássaros cantores
que têm seus ninhos nas altas e floridas
frondes.

Eu voltarei...

Errados Rumos

A caminhada...
Amassando a terra.
Carreando pedras.
Construindo com as mãos
sangrando
a minha vida.

Deserta a longa estrada.
Mortas as mãos viris
que se estendiam às minhas.
Dentro da mata bruta
leiteando imensos vegetais,
cavalgando o negro corcel da febre,
desmontado para sempre.

Passa a falange dos mortos...
Silêncio! Os namorados dormem.
Os poetas cobriram as liras.
Flutuam véus roxos
no espaço.

Na esquina do tempo morto,
a sombra dos velhos seresteiros.
A flauta. O violão. O bandolim.
Alertas as vigilantes
barroando portas e janelas
serradas.
Cantava de amor a mocidade.

A estrada está deserta.
Alguma sombra escassa.
Buscando o pássaro perdido
morro acima, serra abaixo.
Ninho vazio de pedras.
Eu avante na busca fatigante
de um mundo impreciso,
todo meu,
feito de sonho incorpóreo
e terra crua.

Bandeiras rotas.
Desfraldadas.
Despedaçadas.
Quebrado o mastro
na luta desigual.

Sozinha...
Nua. Espoliada. Assexuada.
Sempre caminheira.
Morro acima. Serra abaixo.
Carreando pedras.

Longa procura
de uma furna escura
fugitiva me esconder,
escondida no meu mundo.
Longe... longe...
Indefinido longe.
Nem sei onde.

O tardio encontro...
passado o tempo
de semear o vale
de colher o fruto.
O desencontro.
Da que veio cedo e do que veio tarde.

A candeia está apagada.
E na noite gélida
eu me vesti de cinzas.

Restos. Restolhos.
Renegados os mitos.
Quebrados os ícones.
Desfeitos os altares.
Meus olhos estão cansados.
Meus olhos estão cegos.
Os caminhos estão fechados.

Perdida e só...
No clamor da noite
escuto a maldição das pedras.
Meus errados rumos.
Apagada a lâmpada votiva,
tão inútil.

Amigo

Vamos conversar
como dois velhos que se encontram
no fim da caminhada.
Foi o mesmo nosso marco de partida.
Palmilhamos juntos a mesma estrada.

Eu era moça.
Sentia sem saber
seu cheiro de terra,
seu cheiro de mato,
seu cheiro de pastagens.

É que havia dentro de mim,
no fundo obscuro de meu ser
vivências e atavismo ancestrais:
fazendas, latifúndios,
engenhos e currais.

Mas... ai de mim!
Era moça da cidade.
Escrevia versos e era sofisticada.

Você teve medo.
O medo que todo homem sente
da mulher letrada.

Não pressentiu, não adivinhou
aquela que o esperava
mesmo antes de nascer.

Indiferente
tomaste teu caminho
por estrada diferente.
Longo tempo o esperei
na encruzilhada,
depois... depois...
carreguei sozinha
a pedra do meu destino.

Hoje, no tarde da vida,
apenas,
uma suave e perdida relembrança.

II PARTE

Cora Coralina, Quem É Você?

Sou mulher como outra qualquer.
Venho do século passado
e trago comigo todas as idades.

Nasci numa rebaixa de serra
entre serras e morros.
"Longe de todos os lugares".
Numa cidade de onde levaram
o ouro e deixaram as pedras.

Junto a estas decorreram
a minha infância e adolescência.

Aos meus anseios respondiam
as escarpas agrestes.
E eu fechada dentro
da imensa serrania
que se azulava na distância
longínqua.

Numa ânsia de vida eu abria
o voo nas asas impossíveis
do sonho.

Venho do século passado.
Pertenço a uma geração
ponte, entre a libertação
dos escravos e o trabalhador livre.
Entre a monarquia
caída e a república
que se instalava.

Todo o ranço do passado era
presente.
A brutalidade, a incompreensão, a ignorância,
o carrancismo.
Os castigos corporais.
Nas casas. Nas escolas.
Nos quartéis e nas roças.
A criança não tinha vez,
os adultos eram sádicos
aplicavam castigos humilhantes.

Tive uma velha mestra que já
havia ensinado uma geração
antes da minha.
Os métodos de ensino eram
antiquados e aprendi as letras
em livros superados de que
ninguém mais fala.

82

Nunca os algarismos me
entraram no entendimento.
De certo pela pobreza que marcaria
para sempre minha vida.
Precisei pouco dos números.

Sendo eu mais doméstica do
que intelectual,
não escrevo jamais de forma
consciente e raciocinada, e sim
impelida por um impulso incontrolável.
Sendo assim, tenho a
consciência de ser autêntica.

Nasci para escrever, mas, o meio,
o tempo, as criaturas e fatores
outros, contramarcaram minha vida.

Sou mais doceira e cozinheira
do que escritora, sendo a culinária
a mais nobre de todas as Artes:
objetiva, concreta, jamais abstrata,
a que está ligada à vida e
à saúde humana.

Nunca recebi estímulos familiares para ser literata.
Sempre houve na família, senão uma
hostilidade, pelo menos uma reserva determinada
a essa minha tendência inata.
Talvez, por tudo isso e muito mais,

sinta dentro de mim, no fundo dos meus
reservatórios secretos, um vago desejo de
analfabetismo.
Sobrevivi, me recompondo aos
bocados, à dura compreensão dos
rígidos preconceitos do passado.

Preconceitos de classe.
Preconceitos de cor e de família.
Preconceitos econômicos.
Férreos preconceitos sociais.

A escola da vida me suplementou
as deficiências da escola primária
que outras o Destino não me deu.

Foi assim que cheguei a este livro
sem referências a mencionar.

Nenhum primeiro prêmio.
Nenhum segundo lugar.

Nem Menção Honrosa.
Nenhuma Láurea.

Apenas a autenticidade da minha
poesia arrancada aos pedaços
do fundo da minha sensibilidade,
e este anseio:
procuro superar todos os dias.
Minha própria personalidade

renovada,
despedaçando dentro de mim
tudo que é velho e morto.

Luta, a palavra vibrante
que levanta os fracos
e determina os fortes.

Quem sentirá a Vida
destas páginas...
Gerações que hão de vir
de gerações que vão nascer.

Minha Vida

Num ano longínquo, numa cidade distante,
num dia incerto de um mês aziago,
nascia uma criança.
O Destino que presidia o evento,
ouvindo o primeiro vagido,
clamor de vida,
moveu-se invisível e depôs sua dádiva na cabeça da
                                            criança,
simbolizada numa chama viva e num punhado de cinza.

20 anos decorridos...
Ardia na fronte da adolescente uma chama viva
e era essa vida um punhado de cinza.

Tantos anos decorridos...
Ainda queima nessa cabeça uma chama viva
e é essa vida um punhado de cinza.

Chama viva. Cinza morta...
Minha vida. O símbolo do meu Destino.

Meu Destino

Nas palmas de tuas mãos
leio as linhas da minha vida
linhas cruzadas, sinuosas,
interferindo no teu destino.

Não te procurei, não me procuraste —
íamos sozinhos por estradas diferentes.
Indiferentes, cruzamos.

Passavas com o fardo da vida...
Corri ao teu encontro.
Sorri. Falamos.
Esse dia foi marcado
com a pedra branca
da cabeça de um peixe.

E, desde então, caminhamos
juntos pela vida...

Búzio Novo

Flabelam ao vento
grandes bandeiras
das folhas verdes
das bananeiras.

Alteiam colunas
de plantas novas
ferruginosas.
Pendem de lado
compridas folhas
dilaceradas.
Dormem na terra
os velhos troncos
já decepados.

Flabelam ao vento
novas bandeiras
das folhas longas
das bananeiras.

Vigília nova de Natal.
É o advento no bananal
e aponta o búzio.

Búzio Novo misterioso
cor de ametista episcopal
Roxo da túnica do Senhor dos Passos.
Canto religioso de dia-santo
Epifania no bananal.

Vêm as abelhas. Vêm borboletas
trazem as ofertas do ritual:
Pólen e Mel.
Para o conúbio nupcial.

Búzio novo no topo alto.
Entre bandeiras de folhas verdes.
Vai já despindo sua dalmática
de gorgorão roxo episcopal.
Vai descobrindo ronda de musas
circulares
coroadas de flores sexuais.

Flabelam ao vento
verdes bandeiras
na festa nova
do Búzio Novo
das bananeiras.
Vêm as abelhas

Vêm beija-flores
Trazem oferendas
de pólen de ouro.

Liturgia de dia-santo
Canto perdido, nupcial.

Há um espasmo no bananal.

A Procura

Andei pelos caminhos da Vida.
Caminhei pelas ruas do Destino –
procurando meu signo.
Bati na porta da Fortuna,
mandou dizer que não estava.
Bati na porta da Fama,
falou que não podia atender.
Procurei a casa da Felicidade,
a vizinha da frente me informou
que ela tinha se mudado
sem deixar novo endereço.
Procurei a morada da Fortaleza.
Ela me fez entrar: deu-me veste nova,
perfumou-me os cabelos,
fez-me beber de seu vinho.
Acertei o meu caminho.

Sequência

I
Dormir, acordar.
Lutar; lutar sempre,
sempre assim, até o fim.

II
A rotina da vida
vai passando,
vai rolando,
empurrando sempre,
sempre para a frente.

III
Impassível o tempo
que se espera.
Contra tempo que exaspera,
desespera.
E vai passando aceitando
inexorável, inflexível:
O vaivém da vida,
a sequência dos dias,

o cotidiano das horas,
a fuga dos minutos,
a eternidade de um segundo.

IV

A vida se esvai
no atropelo das gerações,
na corrente dos anos,
na ânsia dos impossíveis:
Removendo pedras,
cavando trincheiras,
construindo os caminhos do futuro.

V

Passa a bandeira.
Pioneiro dos pioneiros, vanguardeiros
sobraçando ideias,
reivindicações heroicas,
agitando o lábaro dos protestos.

VI

O encontro épico –
a selvageria das cidades: a vadiada,
a matilha amestrada,
O bando acordado dos acomodados retardados.

VII

Destroçada segue a bandeira
desfalcada.
No heroísmo da bandeira
alguma coisa se salva.

O Chamado das Pedras

A estrada está deserta.
Vou caminhando sozinha.
Ninguém me espera no caminho.
Ninguém acende a luz.
A velha candeia de azeite
de a muito se apagou.

Tudo deserto.
A longa caminhada.
A longa noite escura.
Ninguém me estende a mão.
E as mãos atiram pedras.

Sozinha...
Errada a estrada.
No frio, no escuro, no abandono.
Tateio em volta e procuro a luz.
Meus olhos estão fechados.
Meus olhos estão cegos.
Vêm do passado.

Num bramido de dor.
Num espasmo de agonia
ouço um vagido de criança.
É meu filho que acaba de nascer.

Sozinha...
Na estrada deserta,
sempre a procurar
o perdido tempo
que ficou pra trás.

Do perdido tempo.
Do passado tempo
escuto a voz das pedras:

Volta... Volta... Volta...
E os morros abriam para mim
imensos braços vegetais.

E os sinos das igrejas
que ouvia na distância
Diziam: Vem... Vem... Vem...

E as rolinhas fogo-pagou
das velhas cumeeiras:
Porque não voltou...
Porque não voltou...
E a água do rio que corria
chamava... chamava...

Vestida de cabelos brancos
Voltei sozinha à velha casa, deserta.

Ainda Não

I
Ainda não...
É a espera.
Afirmação
do tempo que vai chegar
no tempo que está passando.

II
Ainda não...
É a promessa.
Certeza
do tempo de querer
no tempo que vai chegando.
A mulher é a terra –
terra de semear.

III
Ainda não...
O tempo disse sorrindo:
Por que esperar?
Plantar, colher

no amanhecer.
Não retardar o instante
maravilhoso da colheita.

IV

Veio o semeador,
semearam juntos
e colheram
o encantamento do fruto.
Lamentaram juntos:
Retardamos tanto... no tempo.

Lucros e Perdas

I
Eu nasci num tempo antigo,
muito velho,
muito velhinho, velhíssimo.

II
Fui menina de cabelos compridos
trançados, repuxados, amarrados com tiras de pano.
Minha mãe não podia comprar fita.
Tinha vestidos compridos
de babado e barra redobrada
(não fosse eu crescer e o vestido ficar perdido).
Minha bisavó, setenta anos mais velha
do que eu, costurava meus vestidos.
Vestido "pregado".
Sabe lá o que era isso?
A humilhação da menina
botando seios, vestindo
vestido pregado...
Tinha outros: os mandriões,
figurinos da minha bisavó.

III

Fui menina do tempo antigo.
Comandado pelos velhos:
Barbados, bigodudos, dogmáticos –
botavam cerco na mocidade.

Vigilantes fiscalizavam,
louvavam, censuravam.
Censores acatados. Ouvidos.
Conspícuos.
Felizmente, palavra morta.

IV

A gente era tão original
e os velhos não deixavam.
Não davam trégua.
Havia um gabarito estatuído decimal
e certa régua reguladora
de medidas exatas:
a rotina, o bom comportamento,
parecer com os velhos,
ter atitudes de ancião.

V

Fui moça desse tempo.
Tive meus muitos censores
intra e extralar.
Botaram-me o cerco.
Juntavam-se, revelavam-se
incansáveis. Boa gente.
Queriam me salvar.

VI

Revendo o passado,
balanceando a vida...
No acervo do perdido,
no tanto do ganhado
está escriturado:
– Perdas e danos, meus acertos.
– Lucros, meus erros.
Daí a falta de sinceridade nos meus versos.

Não Conte pra Ninguém

Eu sou a velha
mais bonita de Goiás.
Namoro a lua.
Namoro as estrelas.
Me dou bem
com o rio Vermelho.
Tenho segredo
com os morros
que não é de adivinhá.

Sou do beco do Mingu,
sou do larguinho
do Rintintim.

Tenho um amor
que me espera
na rua da Machorra,
outro no Campo da Forca.
Gosto dessa rua
desde o tempo do bioco
e do batuque.

Já andei no Chupa Osso.
Saí lá no Zé Mole.
Procuro enterro de ouro.
Vou subir o Canta Galo
com dez roteiros na mão.

Se você quiser, moço,
vem comigo:
Vamos caçar esse ouro,
vamos fazer água – loucos
no Poço da Carioca,
sair debaixo das pontes,
dar que falar
às bocas de Goiás.

Já bebi água do rio
na concha da minha mão.
Fui velha quando era moça.
Tenho a idade de meus versos.
Acho que assim fica bem.
Sou velha namoradeira.
Lancei a rede na lua,
ando catando as estrelas.

Meu Pai

In Memoriam

Meu pai se foi com sua toga de Juiz.
Nem sei quem lha vestiu.
Eu era tão pequena,
mal nascida.
Ninguém me predizia – vida.

Nada lhe dei nas mãos.
Nem um beijo,
uma oração, um triste ai.
Eu era tão pequena!...
E fiquei sempre pequenina na grande
falta que me fez meu pai.

Mãe Didi

Alguns perguntam pela minha vida, pelo embrião primário,
de como veio e se encontrou comigo a minha poesia,
a presença primeira do meu primeiro verso; eu respondo:

Ela cascateia há milênios.
Minha Poesia... Já era viva e eu, sequer nascida.
Veio escorrendo num veio longínquo de cascalho.
De pedra foi o meu berço.
De pedras têm sido meus caminhos.
Meus versos:
pedras quebradas no rolar e bater de tantas pedras.

Dura foi a vida que me fez assim. Dura, sem ternura.
Dolorida sem sentir a dor.
Ausente sem sentir a ausência.
Distante tateando na distância.
Tudo cruel. Todos cruéis.
Impiedosos.

Em torno, o abandono.
Aninha, a menina boba da casa.

Foi uma ex-escrava que me amamentou no seu seio
fecundo.

Eram seus braços prazenteiros e generosos
que me erguiam, ainda rastejante, e
Aninha adormecia, ouvindo
estórias de encantamento.

Minha madrinha Fada...
Eu era Aninha Borralheira.
Era ela que me tirava da cinza
e me calçava sapatinhos de cristal.
Me vestia. Me carregava na Procissão.
Eu dormia na cadeirinha de seus braços.
E sonhava que era um anjo de verdade
aconchegada na nuvem macia do seu xaile.

Toda a melhor lembrança da minha puerícia distante
está ligada a essa antiga escrava.

No tarde da minha vida assento o seu nome na pedra
rude
do meu verso: Mãe Didi.

Para você, Mãe Didi, esta página sem brilho
do Meu Livro de Cordel.

Meu Epitáfio

Morta... serei árvore
serei tronco, serei fronde
e minhas raízes
enlaçadas às pedras de meu berço
são as cordas que brotam de uma lira

Enfeitei de folhas verdes
a pedra de meu túmulo
num simbolismo
de vida vegetal.

Não morre aquele
que deixou na terra
a melodia de seu cântico
na música de seus versos.

Traço de União

Irmanadas na poesia
nos encontramos:
Quem vem vindo.
Quem vai indo.
Na roda-viva da vida
girando se esbaldando
no encalço de uma rima
fugidia.

Pegar no laço do pensamento
a rima feliz e plantar com amor
na divisa extrema do verso...
A chamada rima de ouro
que tem forma de chave de ouro.
E, dizer que há poetas consagrados
que têm delas um chaveiro!

Com os dedos pegamos a luz.
Começou o seu tempo.
Meu tempo se acaba.
O esplendor de uma aurora.
O poente que se apaga.

Fui na vida o que estás agora.
Tu serás o que sou.
Nosso traço de união.
És o passado dos velhos.
Eu, o futuro dos moços.

Oferta – Aos Novos que Poetizam

Poeta, poetisa teu caminho.
Pega, segura com os dedos
da velha musa
o que resta de poesia
na transição da hora que passa.

Cuida bem da inspiração
que se despede por inútil.
Cuidado com o adjetivo:
traiçoeiro, corriqueiro,
se insinua libidinoso,
nu, esfarrapado, sem pudor.

Olha a rima indigente, forçada,
forçando tropeçante.
O verso desvalido, maltrapilho.
A palavra truncada.
O palavrão da moda. O jargão.
A frase feita.
O advérbio desgastado

pedindo esquecimento
e posterior recuperação.

Atenção, muita atenção!
Sem ser chamada – a palavra vulgar,
esmolambada, sabereta
vem, e vem para ficar.

A palavra pobre...
(Coitadinha da palavra pobre!)
Também tem o seu direito
de figurar no verso.

Tudo isso, mais um
conteúdo miúdo que seja
e serás Poeta.

Índice

I PARTE

Cantoria 9

Das Pedras 11

Lua-Luar 12

Variação 15

A Flor 18

Este Relógio 22

Pablo Neruda (I) 25

Pablo Neruda (II) 27

Pablo Neruda (III) 29

Anhanguera 31

A Casa do Berço Azul 33

Jabuticabal (I) 36

Jabuticabal (II) 40

Era assim em Jabuticabal 41

Israel... Israel... 43

Barco sem Rumo 45

Rio Vermelho 47

Dolor 50

Meu Pequeno Oratório 52

O Cântico de Dorva 55

Humildade 59

Misticismos 61

Estas Mãos 62

Vida das Lavadeiras 65

Pão-Paz 67

Eu Voltarei 71

Errados Rumos 73

Amigo 76

II PARTE

Cora Coralina, Quem É Você? 81

Minha Vida 86

Meu Destino 87

Búzio Novo 88

A Procura 91

Sequência 92

O Chamado das Pedras 94

Ainda Não 96

Lucros e Perdas 98

Não Conte pra Ninguém 101

Meu Pai 103

Mãe Didi 104

Meu Epitáfio 106

Traço de União 107

Oferta – Aos Novos que Poetizam 109